RIENS

MIS EN VERS

PAR

Emile GERMAIN

M.D.CCCLXII.

RIENS

MIS EN VERS

RIENS

MIS EN VERS

PAR

Emile GERMAIN

SENS

IMPRIMERIE DE Ch. DUCHEMIN

—

1862

CE QUI

SE TROUVE PAS DANS CE LIVRE

Pourquoi rimer pour ne rien dire ,
        Auteur chétif?
Pour te fâcher pourquoi me lire,
        Censeur rétif?

Que me reprocher? Je ne sape
        Nul préjugé;
Je ne dis aucun bien du pape ,
        Ni du clergé.

Je ne chante ni mes maîtresses ,
        Ni leurs yeux bleus ,
Ni vos anneaux frisés, ô tresses
        De leurs cheveux !

L'amour d'aujourd'hui ! Dieu trop fade,
  Trop avili !
Laissons-lui son musc, sa pommade,
  Son patchouli !

Avant tout, rayons le scandale......
  De nos papiers ;
Il faut respecter la morale
  Et les pompiers.

Soyez donc, critiques moroses,
  D'esprit plus doux ;
Nul n'est parfait en toutes choses...
  Excepté vous.

Pourtant, puisque je peux écrire
  Sans votre avis ;
Sans le mien vous pouvez médire,
  Par droit acquis :

Des mécontents l'on ne se venge
  Qu'à l'Odéon,
Où leur sifflet parfois se change
  En violon.

AUX BOIS, EN AVRIL

Philomela sub umbrà.
                    Virg.
Le gentil rossignolet,
            Doucelet,
Découpe dessous l'ombrage
Mille fredons babillards,
            Frétillards,
Au doux chant de son ramage.
                    Remi BELLEAU.

O vous, hôtes rêveurs, que les tièdes haleines
D'avril, avec les fleurs ramènent dans les bois,
N'avez-vous point souvent, au sein des nuits sereines,
          Entendu cette voix :

« Salut, riant avril, beaux jours, et nuits encore
          « Plus belles que le jour !
« Salut ! pour vous chanter du couchant à l'aurore
          « Dieu m'a donné l'amour !

« Lorsque le soir sans bruit sur la plaine endormie
  « Fait glisser sa fraîcheur,
« Je laisse de mon âme, en des flots d'harmonie,
  « S'épancher le bonheur.

« O toi que je redis, compagne au cœur fidèle,
  « Au plumage si doux,
« Viens, viens me caresser du velours de ton aile,
  « A jamais aimons-nous !

« Afin de vivre heureux, sous la feuille et la mousse
  « Cachons-nous au soleil;
« Trop vif est son éclat; mille fois est plus douce
  « La nuit, sans le sommeil !

« O silence des nuits ! immense et saint cantique,
  « Où l'étoile de feu,
« Le torrent qui mugit, l'oiseau mélancolique
  « Mêlent leur hymne à Dieu !

« Et moi, je veux aussi, sous l'ombre et la verdure,
  « Dans l'épaisseur des bois,
« Au concert infini de la grande nature
  « Unir ma faible voix!

« Je chante tout le soir, caché sous une feuille
  « Ou sous un noir sapin,

« Et, pour me rafraîchir, sur une fleur je cueille
    « La rosée, au matin.

. . . .

« Déjà l'ombre s'enfuit ; la montagne se dore
    « Du pur reflet des cieux ,
« Et je reste à chanter, des nuits écho sonore,
    « Echo mystérieux. »

SÉDUCTIONS

(Légendes de Grèce)

O jeune fille, au doux sourire,
Seule aux bois ne t'égare pas !
Pan, ou quelque malin Satyre,
Hôte indiscret, suivrait les pas.
En vain tu tenterais la fuite :
La biche même, aux pieds d'airain,
N'éviterait pas sa poursuite,
N'échapperait pas à sa main.
Que ferait il en son délire?.,.
Ah! que deviendraient les appas ?...
O jeune fille, au doux sourire,
Seule aux bois ne t'égare pas !

O jeune fille, à blonde tresse,
Seule aux prés ne va pas courir !
Bientôt tu verrais ta jeunesse,
Pareille à leurs fleurs, se flétrir !
Si tout à coup de la ravine
S'élançait, sur son cheval noir,
Le Dieu qui ravit Proserpine !...
S'il te pressait quelque beau soir !.....
Son amour même et sa tendresse
De crainte te feraient mourir !
O jeune fille, à blonde tresse,
Seule aux prés ne va pas courir !

O vierge, à la lèvre de rose,
Du fleuve évite les roseaux,
Lorsque la nuit, à demi-close,
Étend son voile sur les eaux !
Léda jadis avait ton âge,
Quand sur les flots elle aperçut
Un cygne blanc, à doux ramage....
Léda trop tard le reconnut !
S'il t'arrivait semblable chose,
Pour toi que de tourments nouveaux !
O vierge, à la lèvre de rose,
Du fleuve évite les roseaux !

14

O jeune fille, au pied qui glisse,
Aux monts garde-toi de gravir !
Les monts ont plus d'un précipice,
Ont plus d'un danger à courir.
Que d'Io, la belle Argolienne,
Sur qui tant gémit Inachus,
O belle enfant, il te souvienne !
Que de pleurs par nous répandus,
Si, soudain, changée en génisse,
Jupiter allait te ravir !
O jeune fille, au pied qui glisse,
Aux monts garde-toi de gravir !

O jeune vierge, au bras d'ivoire,
N'erre pas seule au bord des mers,
Surtout si la nuit se fait noire !...
Qui sait si les gouffres amers
N'apporteront pas au rivage,
Pour te tromper, quelqu'un des dieux,
Pareil au blanc taureau sauvage ?
Combien pleureraient tes beaux yeux
— D'Europe on t'a conté l'histoire —
S'il te ravissait sur son dos ?...
O jeune fille, au bras d'ivoire,
N'erre pas seule au bord des flots !

SI ELLE EXISTAIT!...

La vertu sur son front avait mis l'auréole
    Qu'on voit aux anges dans les cieux ;
Elle avait l'innocence en sa douce parole ,
    Et la chasteté dans ses yeux....
O rêve de bonheur ! Je m'en serais épris
    D'un amour à devenir fou !....
Mais , hélas ! on ne voit cette femme, à Paris ,
    Que dans les pièces de Sardou

CHANT DU DÉSERT

O mon désert d'Afrique! O solitude immense,
Où du sublime Allah se mire la puissance,
    Comme un père dans son enfant,
Que j'aime à voir, vautour à la serre effroyable,
L'ouragan du Midi, sous ta robe de sable,
    Déchirer et mordre ton flanc!

Lorsque dans mon burnous souffle ton vent de flamme,
Je sens bouillir mon cœur, et tressaillir mon âme
    D'un amour chaud et vigoureux,
Pareil au feu dont brûle une ardente cavale,
Qui, l'œil étincelant, jette dans la rafale
    Son hennissement amoureux !

Jamais le ciel sur toi ne s'obscurcit d'orages,
Jamais de ton front pur la pluie et les nuages

N'ont troublé l'éclatant miroir :
Le jour tu resplendis, océan de lumière ,
, Et lorsque le soleil a fini sa carrière,
    Tu réfléchis les feux du soir :

Les feux du soir ! l'éclat de la céleste étoile,
Qui réjouit la tente en tremblant sur sa toile ;
    Et les feux rouges des douars ,
Qui, veillant dans la nuit, autour de notre couche ,
Écartent loin de nous , et l'hyène farouche ,
    Et le chacal aux yeux hagards !

Et, quand s'éteint le jour, vers le couchant plus sombre ,
D'Allah, du grand Allah , je crois entrevoir l'ombre
    Qui traverse l'horizon gris ;
Je crois voir dans le ciel des femmes sous des voiles ,
Me disant : « Viens à nous ! » et les blanches étoiles
    Me semblent les yeux des houris !

Alors , mon cœur frémit , et mon œil étincelle,
Je ceins l'yatagan ; je bondis sur ma selle ,
    Et je vole ardent au combat ;
Je veux rougir de sang mon large cimeterre ,
Et fier de mes exploits, dire en quittant la terre :
    « A moi le paradis d'Allah ! »

LA BRISE DU MATIN

(Imité de Catulle)

Du zéphyr frémissant le souffle matinal
Se glisse sur le flot qui frissonne et s'incline.
C'est l'instant où blanchit l'aube au front virginal,
Où le soleil approche, et rougit la colline.
D'abord, par le zéphyr caressés mollement,
Les flots, d'où sort un bruit harmonieux et vague,
En mobiles sillons s'avancent lentement;
Le vent croît, et soudain s'enfle et grossit la vague :
La rougeur qui des monts colore les sommets
S'y reflète et s'y joue en ondoyants reflets !

LES BIENFAITS DE LA PEINTURE

A M. P....

AUTEUR DE LA FONTAINE DE JOUVENCE

Maître, j'ai lu qu'autrefois,
A Paris, en la grand'ville,
Comme un artiste de choix
L'on vous vantait entre mille ;

Que, délicat et moqueur,
Votre pinceau satirique
Faisait rire de bon cœur,
Jusqu'au plus jaloux critique.

Du bout de votre crayon
Vous peigniez plus d'une belle,
Et mettiez à la raison
Plus d'une tresse rebelle.

Tu veux, fillette, un portrait?
A quoi bon cette parure?
Pourquoi ce jaloux corset?
L'art ici, c'est la nature.

Ah! quel charmant souvenir,
Maître, pour votre mémoire!
Sur votre front je vois luir
Encore un reflet de gloire.

Votre pinceau séducteur,
Aux beautés les plus fanées,
Rend encore, art enchanteur!
L'éclat des jeunes années.

Si, sur l'aile des plaisirs,
Ta beauté s'est envolée,
Mie, à quoi bon ces soupirs?
Viens; tu seras consolée:

Sais-tu pas qu'à la beauté
Le gai peintre de Jouvence
(Sinon la virginité)
Rend du moins l'adolescence?

Vous prouvez, maître vanté,

Que de grâces couronnées,
La verdeur et la gaîté,
Chez vous, narguent les années.

Si, dans un ciel empourpré,
J'aime l'aube qui se lève,
J'aime l'éclat tempéré
D'un jour d'été qui s'achève.

Génie, ô fleur immortelle
Que sème la main des dieux !
Talent, vivace étincelle
Qui naît et remonte aux cieux !

———————

LEQUEL PLAINDRE ?

Vénus, pourquoi ces pleurs? Quelle douleur oppresse
Et soulève ton sein, ma charmante Déesse?
— Mon père veut, hélas! me marier demain !
— Et ton charmant époux?... — Est l'aimable Vulcain !

L'exemple fut suivi. Par un fatal mystère,
Autrefois, à présent, chez les Dieux et sur terre,
Les Vénus ont toujours épousé des Vulcains....
Qui plaignez-vous?... Ce sont les époux que je plains.

MEMINI

A UN AMI.

Ami, vivez en paix, et que Dieu vous bénisse !
Le soleil du matin s'est levé dans l'azur :
Comme il a commencé, qu'un jour heureux finisse,
Et que, pur à l'aurore, au couchant il soit pur !

Vivez plein de gaîté, de force, de jeunesse !
Que votre âme se penche au souffle du bonheur,
Comme on voit le roseau qu'un vent d'été caresse,
S'incliner doucement, et goûter la fraîcheur !

Que loin de vous la brise emporte les nuages !
Que le flot repoussé par le flot, mollement,
Sur une mer tranquille, sous un ciel sans orages,
Berce votre vaisseau, comme on berce un enfant !

Πολυτρηρώνατε Μέσσην.

HOM.

J'aime Athènes aux noirs vaisseaux,
Et le Pénée aux frais asiles,
Rhode, Argos, en guerriers fertiles,
Itonne, mère des troupeaux.

Mais je connais une cité,[1]
Blanche sur la côte azurée,
Qui, mieux qu'Athène et le Pirée,
Séduirait mon cœur enchanté!

O vents, portez moi sur votre aile
A Messa, le pays charmant
Des colombes au cœur fidèle,
Et des doux rêves de l'amant!

A QUOI RÊVENT LES JEUNES FILLES

A. DE MUSSET.

Sous un tilleul en fleurs un jour je l'ai surprise
De grand matin. Songeuse, elle s'était assise.
Près d'elle, les oiseaux de leur hymne joyeux
Saluaient le matin qui rougissait aux cieux.

Mais ni du gai pinson la romance éveillée,
Ni les frissonnements de la verte feuillée,
Ni les vives couleurs de l'aube au front vermeil
Ne touchaient son esprit. Pourquoi donc au sommeil
S'arracher si matin?... Aurais-tu de ta flamme,
Amour, jeté soudain l'étincelle en son âme?

Curieux, je m'approche et lui dis : « Douce enfant,
« Quels soucis ont troublé ton esprit vigilant?
« Quel nuage soudain assombrit ta jeunesse?
« Pourquoi sur tes yeux bleus ce voile de tristesse? »

— « Hélas ! c'est qu'une image affreuse me poursuit !
« Seule, loin de ma mère, en rêve, cette nuit,
« J'ai cru qu'en folâtrant dans les vertes prairies,
« Ma main avait saisi, sous des herbes fleuries ,
« D'un serpent écailleux les longs anneaux glacés,
« Et tous mes sens d'effroi sont encore oppressés ! »

?

V. HUGO. — CONTEMPLATIONS.

Penchant sa longue oreille au souffle de la brise,
Aux concerts dont le soir emplit l'ombre des bois,
Un âne, en la prairie, un âne à barbe grise
    Mêlait les accents de sa voix.

Un Sylvain, à ce bruit, soudain dressa la tête,
Et dit, d'un air moqueur, en regardant l'ânon :
« Par mes cornes, je crois que cette aimable bête
    Réussirait.... dans un salon ! »

LE MOUCHERON DU SOIR

Toi, dont l'aile légère,
Musique passagère,
Frémit autour de moi,
Moucheron éphémère,
Qu'à peine j'entrevoi ;

Bourdonne à mon oreille,
Endors, endors mon cœur,
De peur qu'il ne s'éveille,
Et songe à la douleur !

—

Tu vas par la colline,
Libre et capricieux,
Où blanchit l'aubépine

Où la source voisine
Nous reflète les cieux :

Bourdonne à mon oreille,
Endors mon cœur plaintif,
De peur qu'il ne s'éveille,
Songeant qu'il est captif.

—

Sur l'aile du zéphyre
Tu promènes ton vol,
Et, quand le jour expire,
Vois l'amant qui soupire,
Plein d'un délire fol...

Bourdonne à mon oreille,
Endors, endors mon cœur,
De peur qu'il ne s'éveille,
Et ne songe au bonheur !

—

Ils sont deux... et dans l'ombre,
Ils jurent de s'aimer !...

Sous le ciel demi sombre
Des étoiles sans nombre
Viennent de s'allumer !...

Bourdonne à mon oreille,
Endors mon cœur toujours,
De peur qu'il ne s'éveille,
Et ne songe aux amours !

—

A l'aube, en la prairie,
Quelque souffle divin
T'avait donné la vie ;
Déjà le soir l'envie
Le présent du matin :

Bourdonne à mon oreille
Pendant que mon cœur dort,
De peur qu'il ne s'éveille,
Et ne songe à la mort !

HYMEN

(Imité de Catulle)

Dans un champ délaissé, la vigne sans culture
Sentit-elle jamais sa grappe noire et mûre
Adoucir de ses sucs les présents savoureux,
Et s'enfler lentement sous un soleil heureux?

Elle ne grandit point, et le cep solitaire
Languit, et replié s'affaisse vers la terre.
Sa feuille se jaunit, et, passant son chemin,
Le laboureur la voit d'un regard de dédain.

Mais au printemps nouveau la vigne solitaire
A-t-elle uni son cep à l'ormeau tutélaire,
Bientôt elle renaît, et fleurit avec lui ;
Chaque jour l'embellit : en son nouvel appui.

3.

A longs flots elle puise et la sève et la force;
Des jets plus vigoureux poussent de son écorce;
Tous à la cultiver rivalisent d'ardeur.

De sa jeunesse ainsi laissant flétrir la fleur,
La vierge, sans amours, languit abandonnée;
Mais a-t-elle mûri pour le jour d'hyménée,
Chacun de la chérir alors semble jaloux,
C'est à qui l'aime plus, d'un père ou d'un époux.

SEIGNEUR LAVE ET SEIGNEUR YON

(Tiré d'une légende scandinave)

I.

Seigneur Lave partit un jour,
Partit pour une île lointaine :
Il allait, guidé par l'amour,
Conquérir une châtelaine,
S'ennuyant fort d'être garçon :
— Je pars avec toi, dit Yon.

II.

Bientôt, tendre et charmant tableau,
La vierge partout escortée
De maint varlet et damoiseau,

Partout reconduite et fêtée,
De Lave entra sous le donjon :
— Et moi, j'entre aussi, dit Yon.

III.

Après un splendide repas
L'épouse, perle encore pure,
Au lit d'hymen porta ses pas,
Mais de dénouer sa ceinture
Son seigneur oublia, dit-on :
— Je la dénouerai, 'dit Yon.

IV.

Le seigneur Yon lestement
Lestement referme la porte :
— « Lave, bonsoir! Dors sans tourment!
De peur que ta femme ne sorte
Je veille, par précaution,
— Et je reste ici, dit Yon.

V.

Invoquant diable, invoquant Dieu,
Lave, que la fureur transporte,

A coups de lance, à coups d'épieu,
Comme un damné frappe à la porte,
Criant : O honte! ô trahison!...
— Par ma foi! c'est vrai, dit Yon

VI.

« Si tu ne sors, écoute-moi,
« Et ne laisses en paix ma femme,
« Yon, j'irai me plaindre au roi,
« J'irai lui dire, sur mon âme !
« Que tu t'es conduit en félon! »
— Comme il te plaira, dit Yon.

VII.

Le matin, sitôt que le jour
A travers les vitraux se glisse,
Lave est sur pied, quitte sa cour,
Et va, pour réclamer justice,
Chez le roi de la nation :
— Moi, j'y vais aussi, dit Yon.

VIII.

Lave commence : « O juste roi !

« J'épouse hier une pucelle;

« Croyez bien qu'elle était pour moi.

« Et qu'Yon... n'était pas pour elle!...

« Il n'est pas digne de pardon! »

— Comme il parle bien! dit Yon.

IX.

Le roi dit : « Assez de débats;

« Si la vierge entre vous balance,

« Si vous disputez ses appas,

« Eh! bien, chevaliers, que la lance

« Tranche demain la question! »

— C'est fort bien jugé, dit Yon.

X.

Le lendemain fougueux coursier

Hennissait au loin dans la plaine :

Accours, loyal et preux guerrier,

Accours, ô belle châtelaine,

Témoins de la collision !

— Me voici tout prêt, dit Yon.

XI.

Lave arrive, la rage au cœur,

L'œil étincelant de colère;
Il bondit; mais d'un bras vainqueur
Yon poussant son adversaire,
Le jette hors de l'éperon...
Eh! tu vas tomber, dit Yon.

XII.

Yon, vainqueur court au château,
La joie et la fierté dans l'âme:
Il aperçoit, timide oiseau,
Debout au seuil, la jeune femme,
Qui l'attendait.. non sans raison :
— Eh ! bien.... me voilà, dit Yon.

A MES AMIS

Rions amis, puisque c'est l'âge,
L'âge de rire et d'être fou !
Nous partons pour un long voyage,
Allez! ne demandez pas : Où ?....

Qu'au flot gaîment on se confie,
Sans dire : « Où trouverai-je un port? »
A qui demande où va la vie,
Le temps répond : C'est à la mort !

Notre jeune printemps se pare
De ses plus séduisants atours :
Est ce le moment d'être avare
De roses, de ris et d'amours?

Pour chasser au loin la tristesse,
Amis, bientôt nous n'aurons plus

Le sourire de la jeunesse :
Vains soupirs ! Regrets superflus !

Le souvenir plein d'amertume,
Ne sera plus à notre cœur
Qu'un triste regret qui consume....
L'espérance... nous fera peur.

Rions, amis, puisque c'est l'âge ;
Partons, sans nous demander : Où ?...
Et que la palme du plus sage
Couronne le front du plus fou !

A GRAND ORCHESTRE

Par delà les cieux, l'autre jour,
    Voulant chercher fortune,
Mon esprit me joua le tour
    De partir pour la Lune :
Là les poëtes de Paris
Du chant disputaient réunis
    Le prix :
Oh, oh, oh, oh ! ah, ah, ah, ah !
Quel concert on entendait là
    Là, là.

Quel concert ! quel galimatias !
    Quelle affreuse cohue !
Académiciens, Auvergnats,
    Gens de race inconnue,
Gens mal peignés et gens coquets,

Gens à marotte, à gros bonnets
      Très-laids :
Oh, oh, oh, oh ! ah, ah, ah, ah !
Quel fameux coup d'œil c'était là,
      Là, là.

L'un a des airs de Juvénal,
      L'autre des goûts de halle ;
Ici, toupet phénoménal,
      Barbe patriarcale :
Là bas, sur un front chauve et creux,
Les vents balancent un ou deux
      Cheveux.
Oh, oh, oh, oh ! ah, ah, ah, ah !
Les beaux Apollons qu'on voit là,
      Là, là.

L'un, en vidant un verre plein,
      Tonne contre l'ivresse ;
L'un forge à grand'peine un refrain,
      Pour chanter la paresse :
Tel, qui de peu se dit content,
N'a jamais dédaigné l'argent
      Comptant :
Oh, oh, oh, oh ! ah, ah, ah, ah !

Qu'ils sont sincères ces gens-là,
　　Là là.

Loin de se mettre à l'unisson,
Comme on pourrait le croire,
Beaucoup plus qu'au diapason
　　Chacun songe à la gloire :
Et du voisin, chacun, dit-on,
Évite, pour cette raison,
　　Le ton :
Oh, oh, oh, oh ! ah, ah, ah, ah !
Quelle musique ils nous font là,
　　Là, là.

Pour ne rien entendre, avec eux
　　Chantons la ritournelle ;
De désespoir au moins je veux
　　Jouer... de la crécelle :
Voilà pourquoi, voilà comment
Je suis soldat du régiment
　　Rimant :
Oh, oh, oh, oh ! ah, ah, ah, ah !
Quels grenadiers la France a là
　　Là, là !

FIN.

TABLE.

www.ingramcontent.com/pod-product-compliance
Lightning Source LLC
Chambersburg PA
CBHW072257210626
46818CB00017B/1410